Pagaille chez le vétérinaire !

Stéphane Descornes • Mérel

Nathan

Rachid le timide
Mélanie la chipie
Pacha le chat
Pascale la géniale
Arthur le gros dur
Es-tu prêt pour une nouvelle aventure ? Eh bien, commençons !
Ah, j'y pense ! les mots suivis d'un ☼ sont expliqués à la fin de l'histoire.

- 1 -

Pascale et Gafi emmènent Pacha chez le vétérinaire. C'est le grand jour des vaccins !

La salle d'attente est pleine. Il y a un monsieur et son chien endormi.

Et une dame avec un perroquet…

BON

Pacha, intrigué par ce drôle d'oiseau, s'approche…

Mais le perroquet a peur, il crie :

– Arrière ! Sac à puces !

Et il pince le nez de Pacha ! Aïe !!

Que va-t-il se passer ?

Quel oiseau mal élevé !
Pacha décide de lui voler
dans les plumes !
Tout ce bruit réveille le chien,
qui est très en colère…

Le chien veut attraper Pacha, et Pacha, lui, essaie d'attraper le perroquet…

En un instant, c'est la panique dans la salle d'attente !

Attiré par le bruit, le vétérinaire surgit, furieux :

– C'est bientôt fini, ce boucan ?

Mais les animaux lui glissent entre les jambes et ils rentrent dans son bureau !

La course-poursuite continue...
Alors, suis-moi !

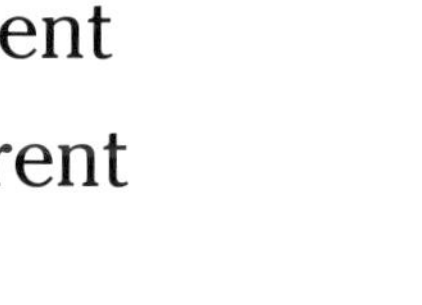

- 2 -

Les appareils et les papiers volent
dans tous les sens…
Quel bazar ! Pascale se tourne
vers Gafi :
– Gafi, fais quelque chose !

Le fantôme veut capturer
le perroquet…
Affolé, l'oiseau s'envole
par une fenêtre.
Catastrophe !
Pacha et le chien le suivent…
Ils vont tomber dans le vide !

Catastrophe ! Que faire ?

Mais Gafi est là !
Il bondit derrière les animaux.
Gafi s'étire et se transforme…
en un grand parachute. Ouf !

Le vétérinaire est ravi :

– Bravo Gafi ! Vous voulez bien m'aider encore ?

Gafi est d'accord !

REXES

Aidé par Gafi, le vétérinaire s’occupe des animaux.

Très vite, l’oiseau et le chien
sont soignés, et Pacha est vacciné.

Comme tout le monde a été sage,
le vétérinaire veut offrir des biscuits…
… et voilà tous les animaux
qui se jettent sur lui !

Pascale soupire :

– Oh non ! C'est reparti !

c'est fini !

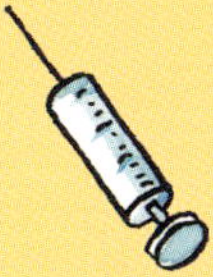

Vaccin : produit que l'on doit prendre, par piqûre, pour ne pas attraper certaines maladies.

Intrigué : étonné, curieux.

Boucan : tapage, vacarme.

Capturer : attraper.

Urgence !

Remets les images dans l'ordre de l'histoire.

a

b

c

d

e

f

Réponse : l'ordre de l'histoire est c, e, a, f, b, d.

Coco ?

Trouve les deux perroquets parfaitement identiques.

Réponse : les deux perroquets identiques sont le 1 et le 6.

Aïe aïe aïe !

Combien de fois le mot « VACCIN » est-il écrit dans cette grille ?

v	a	c	c	i	n	v
a	z	o	v	a	d	a
c	d	g	a	f	i	g
c	d	v	c	u	c	a
i	v	a	c	c	i	n
n	o	c	i	g	e	c
s	d	c	n	a	l	y

Réponse : le mot VACCIN est écrit 4 fois. As-tu vu le nom de Gafi caché dans la grille ?

Quoi de neuf, docteur ?

Remplace les dessins par les mots qui conviennent.

C'est le jour du vaccin pour . Mais, chez le  c'est la panique : un  poursuit Pacha qui, lui, poursuit un .

, au secours !

Réponse : c'est le jour du vaccin pour Pacha. Mais, chez le vétérinaire, c'est la panique : un chien poursuit Pacha qui, lui, poursuit un perroquet. Gafi, au secours !

GAFI RACONTE

illustré par Mérel

Je commence à lire

1. *Qui a fait le coup?* Didier Jean et Zad • 2. *Quelle nuit!* Didier Lévy • 3. *Une sorcière dans la boutique*, Mymi Doinet • 4. *Drôle de marché!* Ann Rocard • 15. *Bon anniversaire, Gafi!* Arturo Blum • 16. *La fête de la maîtresse*, Fanny Joly • 23. *Gafi et le magicien*, Arturo Blum • 24. *Le robot amoureux*, Stéphane Descornes • 29. *Une drôle de robe!* Elsa Devernois • 30. *Pagaille chez le vétérinaire!* Stéphane Descornes • 35. *Le nouvel élève*, Anne Ferrier • 36. *Le visiteur de l'espace*, Stéphane Descornes • 41. *Le ballon magique*, Stéphane Descornes • 42. *SOS, dauphin!* Anne Ferrier • 45. *Safari en folie!* Stéphane Descornes • 49. *Gafi contre Dracula*, Stéphane Descornes • 52. *Gafi à la piscine*, Stéphane Descornes

Je lis

5. *Gafi a disparu*, Didier Lévy • 6. *Panique au cirque!* Mymi Doinet • 19. *Mystère et boule de neige*, Mymi Doinet • 20. *Le voleur de bonbons*, Didier Jean et Zad • 26. *Qui a mangé les crêpes?* Anne Ferrier • 43. *Le chat du pharaon*, Mymi Doinet • 44. *En route pour l'espace!* Stéphane Descornes • 46. *Gafi aux Jeux Olympiques*, Danièle Fossette • 47. *La plante magique*, Stéphane Descornes • 50. *Gafi à Paris*, Françoise Bobe • 51. *Gafi chez Toc-toc Chef*, Laurence Gillot • 53. *Au feu, les pompiers!* Ingrid Chabbert • 54. *Gafi sur la banquise*, Ingrid Chabbert • 55. *Gafi président*, Ingrid Chabbert

Je lis tout seul

9. *L'ogre qui dévore les livres*, Mymi Doinet • 10. *Un étrange voyage*, Ann Rocard • 11. *La photo de classe*, Didier Jean et Zad • 12. *Repas magique à la cantine*, Didier Lévy • 18. *Sauvons Pacha!* Laurence Gillot • 21. *Bienvenue à bord!* Ann Rocard • 22. *Gafi et le chevalier Grocosto*, Didier Lévy • 27. *Qui a kidnappé la Joconde?* Mymi Doinet • 28. *Grands frissons à la ferme!* Didier Jean et Zad • 33. *Les chocolats ensorcelés*, Mymi Doinet • 34. *Au bal costumé*, Laurence Gillot • 39. *Mélanie la pirate*, Stéphane Descornes • 40. *Sous les étoiles*, Elsa Devernois • 48. *Sur le Tour de France*, Laurence Gillot

Directeur de collection et conseil pédagogique : Alain Bentolila
Jeux conçus par Georges Rémond

MIXTE
Papier issu de sources responsables
FSC® C022030

Loi n°49-956 du 16 juillet 1949 sur les publications destinées à la jeunesse, modifiée par la loi n°2011-525 du 17 mai 2011.
ISBN : 978-2-09-257621-2 – N° éditeur : 10233351 – Dépôt légal : septembre 2017
Achevé d'imprimer en août 2017 par Loire Offset Titoulet (42900 Saint-Etienne, France)